SATIRE

CONTRE

LES DEISTES.

SATIRE

CONTRE

LES DEISTES.

A PARIS, AU PALAIS,

Chez DE NULLY, Libraire, Grand'Salle,
à l'Ecu de France.

M. DCC. XLVIII.

AVEC APPROBATION ET PERMISSION.

AVANT-PROPOS.

Un Dieu, une ame, un culte, quel texte pour un genre de Poësie aussi borné que la Satire, quel sujet pour la plûpart des Lecteurs! La licence d'esprit produite & soutenuë par celle des mœurs; l'émulation d'incrédulité, caractere distinctif des prétendus beaux esprits modernes; le tour séduisant que prêtent au systême du plaisir ces esprits imbibés, pour ainsi dire, des teintures voluptueuses de ces brochures licencieuses qui font maintenant les délices de la toilette des deux sexes; le ridicule qu'ils sçavent verser sur les réflexions affligeantes de la morale; enfin l'impression imperieuse que font sur

les moins spirituels les saillies & les cen-
sures de ces hommes ingénieux : tout cela,
dis-je, pronostique à ce petit ouvrage fait
il y a déja long-tems, une disgrace presque
générale ; mais quelques personnes amies
de la vérité, & plus encore les circonstances
ont déterminé l'Auteur à le mettre au jour ;
on a cru y appercevoir des traits assez
frapans pour combattre l'impieté téméraire
& absurde répanduë dans des Écrits plus
pernicieux encore qu'avidement recherchés.
Que le Lecteur ne s'attende point à trouver
dans cet Ouvrage un traité en forme des
vérités qui y sont établies, & une réfuta-
tion métodique des erreurs qu'on entreprend
d'y combattre ; trop d'extension sur des
matieres aussi graves pourroit rebuter, &
d'ailleurs ce n'est point un Poëme que l'on
présente au Public, c'est une Satyre où
l'Auteur, loin de s'armer d'aucune autorité
contre une espece de Gens, dont le seul
principe est de n'en point admettre, n'a
prétendu s'appuyer que du suffrage de la
raison qui parle à tous les hommes.

SATIRE

CONTRE

LES DEISTES.

OPHISTES infenfés, Titans féditieux,
De la raifon rébelle Efclaves orgueilleux,
Vous dont la langue impie à nos Autels infulte,
Vous dont l'ingratitude au Ciel refufe un Culte,
Pourquoi vous affranchir d'un fi noble tribut ?
Quel eft votre principe, & quel eft votre but ?
Rares mortels, parlez & détrompez la terre,
Délivrez-la du joug d'une morale auftere :
Prouvez-nous que le Ciel a depuis fept mille ans
Reçu des fots humains un ridicule encens ;
Que Dieu fe plaît à voir l'Univers imbécile
Lui rendre aveuglement un hommage inutile ;

A

Qu'il se jouë à plaisir du crédule Mortel,
Et qu'il ne fut jamais un légitime Autel.

Quoi, Dieu que vous croyez d'une essence si pure
Pourroit souffrir l'erreur dans toute la nature !
S'il en étoit capable il ne seroit plus Dieu ;
Le Déiste lui-même en doit faire l'aveu.

Interrogez vos cœurs, Philosophes profânes,
Chassez de vos esprits ces obscures chicannes,
Dont le vice nourrit la lâche absurdité.
Quiconque est vertueux aime la vérité.
L'êtes-vous ? Répondez ? L'amour de la patrie,
L'incorruptible honneur, la douce modestie,
L'horreur de l'interêt, la sensible amitié,
Et pour le Pauvre enfin une utile pitié
De vos devoirs civils reglent-ils la conduite ?
Plus dangereux encor qu'une Secte hipocrite,
Vous attaquez la Loi du vertueux Chrétien,
Qui seule peut former un sage Citoyen :
Pour votre honneur au moins usez des artifices,
Qui peuvent colorer vos travers & vos vices.
Si vous n'en prêchez point le dogme corrompu,
La crainte vous retient, & non pas la vertu,
Et quiconque la nomme une idée arbitraire,
S'il a la force en main, ose ce qu'il peut faire ;
Systême dont Cromvel fit son guide & sa loi,
Et qui mit à ses pieds la tête de son Roi ;

Syſtême monſtrueux qui peut dans ſa manie
De la Societé renverſer l'harmonie :
Fanatiſme orgueilleux, dont le hardi poiſon,
Contre tous les devoirs, peut armer la raiſon.

Pourriez-vous me nommer un Peuple ſur la terre,
Qui mépriſe du vrai l'auguſte caractere ?
Le Soleil en voit-il qui de loix dépourvu
Ne diſtingue du moins le vice & la vertu ?
D'où provient, dites-moi, cette idée unanime?
Peut-on y méconnoître une cauſe ſublime ?
Un Etre Créateur qui dans ſa volonté
De la matiere a pris la riche immenſité,
Et qui ſoufflant ſur l'homme a verſé dans ſon ame
Des vertus & du vrai l'incorruptible flame ?
Divines notions que nous tenons de lui,
Et qui de l'Univers forment l'ordre & l'appui.

Ces principes, dit-on, imprimés dès l'enfance,
Du cœur humain né libre arrêtent la licence :
Des pénibles vertus le ſyſtême impoſant
En rend aux malheureux le fardeau moins péſant,
Et pour en conſacrer l'uſage & l'impoſture,
On lui prête au Ciel même une ſource plus pure.

Malheureux, taiſez-vous, Hé n'eſt-ce pas un bien,
Que le vrai, les vertus, par un tendre lien,

A ij

Uniffent les mortels, les rendent fociables?
Seroit-ce dans le cœur des Tyrans déteftables
Qu'auroit pû fe former cet augufte deffein?
Le bien vient de Dieu feul, la fource eft dans fon fein:
Ce centre univerfel a puifé dans lui-même
De la perfection l'idée & le fyftême,
Et voulant aux Mortels en prêter un rayon,
D'un germe de fageffe il orna leur raifon.
Principe invariable, ornement de la terre,
Qui, fans s'anéantir, s'affoiblit & s'altere,
Que nous fentons malgré nos criminels efforts,
Et qui fçait malgré nous enfanter les remors.

Ces troubles clandeftins excités par le crime
Défignent même en nous une effence fublime;
Dépôt pur & divin, fiége de la raifon
Qui perce, pour parler, fon obfcure prifon,
Que le vice voudroit condamner au filence,
Et dont fa lâcheté craint même l'exiftence.

Tout borné qu'eft l'efprit il a d'heureux inftans;
Un feu prompt & fubtil, des effors éclatans
L'élevent au-deffus de fa force ordinaire;
Mais bientôt il retombe, & rentre dans fa fphere:
Ces élans éclipfés auffitôt que fentis,
Qui percent au travers des fens apefantis,
Ces momens lumineux de grandeur, de fageffe
D'un Etre interieur annoncent la nobleffe;

Et ce peu que du grand il nous laiſſe entrevoir
D'une clarté ſans fin nous préſage l'eſpoir.

De ſon dépoſitaire ami ſévere & tendre,
Il le preſſe, le guide où ſes pas doivent tendre,
Et ſi l'homme triomphe, il verſe dans ſon cœur
Des plaiſirs vertueux la ſuprême douceur.

Grandeurs, fortune, amours, voluptés de la terre,
Non, vous n'approchez pas du plaiſir de bien faire :
Vos tranſports turbulens ont de triſtes retours,
Des ſouvenirs fâcheux en corrompent le cours :
Envain de vos attraits vous variez l'image,
Des ennuis déguiſés vous maſquez le viſage,
Le cœur eſt toujours vuide, & n'eſt point ſatisfait,
Parce qu'il veut jouir ſans dégoût ni regret.

Le déſir de ſurvivre à ſon nom, à ſa gloire,
Le ſoin qu'a tout Mortel d'illuſtrer ſa mémoire,
Sont des preſſentimens de l'immortalité :
L'amour propre, artiſan de notre vanité,
En dégrade, il eſt vrai, le but & la nobleſſe ;
Quoiqu'au lieu des vertus l'orgueil & la richeſſe
Tranſmettent notre nom ſur le marbre & l'airain,
Ce n'eſt pas moins de l'ame un préſage certain,
Et cette ambition qu'en l'homme elle fait naître,
Prouve ſadeſtinée, en déſignant ſon être ;

A iij

Enfin l'homme est le seul qui brûle du défir
De laiffer de foi-même un noble fouvenir :
Par nature ou par choix, on voit ramper la bête,
Mais le Ciel veut que l'homme au Ciel porte fa tête.

Le tranquile animal dans les bras de la mort,
Sans paroître agité, voit terminer fon fort.
L'homme alors inquiet s'arme envain de courage,
De fes fens offufqués la mort fend le nuage,
Des jours qu'il a remplis, un fincere tableau
Se préfente à fes yeux, fous un afpect nouveau,
Et Juge de lui-même, il tremble, ou fe confole,
Selon qu'il a pris foin de l'ame qui s'envole.

Stoïque Phyficien, pourquoi donc t'effrayer,
Si la matiere en toi va fe modifier ?
Si, comme l'animal, tu n'as rien à prétendre,
Ne peux-tu voir, fans trouble, un reffort fe détendre ?
L'ame n'eft qu'un phantôme, enfant de notre orgueil,
Meurs en Sage, il n'eft rien par-de-là le cercueil :
Boffuet & Pafcal, trop fimples, trop dociles,
Avec quelque génie étoient des imbéciles.
Lucrece & Spinofa font des garans plus fûrs
Que ces vains Zélateurs de Myfteres obfcurs.
Tu frémis ! Hier encor tu prêchois leurs maximes ?
Quoi, feroit-il un Chrift, des vertus & des crimes ?

Le Ciel étale envain un spectacle brillant,
Sa beauté touche peu l'animal indolent.
Le Soleil verse envain dans sa constante course,
De feux toujours nouveaux l'inépuisable source;
Un rempart invincible envain contient les mers,
Le monde vainement roule au centre des airs,
Envain tout être en soi porte un germe de vie;
Envain au mouvement la matiere asservie
Dans l'eau, le feu, le sel, prend sa fécondité;
La bête n'y voit rien, & sa stupidité
D'un œil indifférent parcourant la nature,
Laisse à l'homme l'honneur d'en fixer la structure.

Cette distinction nous impose un devoir;
Puisque le Ciel nous donne, il prétend recevoir.
Ses dons prouvent en nous une essence céleste,
Notre cœur nous le dit, notre raison l'atteste;
Enfin Dieu par son choix nous marquant ses desseins,
Annonce à nos vertus de plus nobles destins.

Sur les êtres créés notre prééminence
Exige dans nos cœurs de la reconnoissance:
Touchante émotion qu'excite le bienfait,
Que Dieu créa dans nous pour en être l'objet;
Dont il enjoint à l'homme un mutuel usage,
Mais dont il veut avoir le principal hommage.

Ces principes reçus , parcourons l'Univers.
L'esprit fort peut choisir dans ses cultes divers,
Celui que sa raison lui rendra préférable;
Un culte où Dieu plus grand, plus juste, plus aimable,
Reçoive des honneurs dignes de sa bonté ;
Qui toujours pur, constant, tire sa vérité
D'un titre plus ancien que la naïve histoire,
Qui des tems reculés nous transmet la mémoire.

Où fuir ? Les beaux esprits me percent de bons mots,
Et me placent au rang du vulgaire & des sots.
J'entends un Philosophe, Apôtre du Déisme ,
Ou bien un Sectateur du matérialisme,
Fronder d'un ton badin ces vers religieux.
Qui ne croiroit, Lecteur, ces hommes studieux ;
Et qu'amateurs du vrai, leur système se fonde
Sur le travail suivi d'une étude profonde?
Mais de ces faux Sçavans le principe est commun,
Tout se résout chez eux par n'en admettre aucun.
Voilà le fin de l'art, joignez-y l'ironie,
Un coup d'œil de pitié, vous êtes beau génie ;
Et l'esprit le plus mince est sûr d'être applaudi,
S'il sçait contre le Ciel, lâcher un trait hardi.

Avec les passions l'homme d'intelligence,
De l'incrédulité se fraye la licence.

En vain le vrai le frappe, il tremble d'y trop voir;
Et l'efpoir du néant devient fon feul efpoir.
Si d'un culte tranfmis le cours inviolable,
Eft depuis fept mille ans une erreur méprifable,
Le Déifte s'abufe, & l'Athée a raifon:
Une vaine frayeur de Dieu forgea le nom;
Il n'eft point, fi le monde en tous lieux idolâtre,
Fut toujours de l'erreur le joüet, le théâtre;
La création fort d'un hazard éternel,
Tout eft indifférent, & rien n'eft criminel.

Du moderne efprit-fort tel eft le caractere;
Il veut l'équerre en main niveler un myftere;
Mais n'en pouvant fonder l'augufte profondeur,
Son orgueil en conclut que ce n'eft qu'une erreur.

Pourquoi fur un fecret ofer porter ta vûë?
D'organes plus fubtils ta raifon dépourvûë,
Te fuffit pour aimer, admirer, obéir;
De pénétrer plus loin réprime le défir.
Quand de régler ta foi ton audace s'ingere,
Tu ne fçais pas comment ton eftomach digere;
Tout ce qui t'environne eft myftere pour toi,
Et des fecrets divins tu rejettes la foi?
Aux principes cachés tu dois obéiffance,
Quand celui qui l'ordonne eft digne de croyance.

Si tes yeux plus perçans pouvoient atteindre au Ciel,
Tout t'y paroîtroit vrai, quoique furnaturel.
Dieu feroit-il fujet aux loix de la matiere,
Pour être défini par ta raifon groffiere ?
Où rien n'eft corporel tes regles ne vont pas,
Il eft des vérités au-deffus du compas.
Ce qui fe paffe en Dieu n'eft point à ta portée ;
S'il te trompe, il n'eft pas, & tu dois être Athée ;
Vainement ta raifon te dit qu'il eft un Dieu,
Dis-moi, s'il n'eft point d'ame, à quoi fert cet aveu ?
Que t'importe, en un mot, une effence divine,
Si la mort finit tout, & fi l'homme eft machine.

Approuvé, *ce* 14 *Juin* 1748. L'Abbé LE ROUGE.

Vû l'Approbation, permis d'imprimer, à la charge
d'enregiftrement à la Chambre Syndicale, le 15 Juin
1748.

Signé, BERRYER.

Regiftré fur le Livre de la Communauté des Libraires
& Imprimeurs de Paris, N. 3252, conformément aux
Reglemens, & notamment à l'Arrêt du Confeil du 10
Juillet 1745. *A Paris le* 16 *Juillet* 1748.
Signé, G. CAVELIER, Syndic.

De l'Imprimerie de PAULUS-DU-MESNIL.